de saisons !

Romancière et essayiste née à l'ouest du Canada, **Nancy Huston** est installée à Paris depuis de nombreuses années et a publié plusieurs ouvrages pour jeune public. En jeunesse : *Les souliers d'or*, coll. Page blanche, Gallimard, 1998 ; *Véra veut la vérité* et *Dora demande des détails* (écrits en collaboration avec sa fille Léa), L'école des loisirs, nouvelle édition 2013 ; *Mascarade*, théâtre (écrit en collaboration avec son fils Sacha), Actes Sud Junior, 2007 ; *Ultraviolet*, coll. roman ado, Éditions Thierry Magnier, 2011 ; *Nancy Huston raconte et chante Ultraviolet*, livre-CD avec Claude Barthélemy, Éditions Thierry Magnier, 2013.

Collection animée par Soazig Le Bail,
assistée de Charline Vanderpoorte.

© ÉDITIONS THIERRY MAGNIER, 2014
ISBN 978-2-36474-509-4
Loi n° 49-956 du 16 juillet 1949
sur les publications destinées à la jeunesse
Conception graphique : Bärbel Müllbacher

Nancy Huston

Plus de saisons !

Petite Poche

À Marguerite Gateau.

Ce texte a été écrit pour accompagner *Les Quatre Saisons* de Vivaldi et de Piazzolla, concert du 8 mars 2014 retransmis sur France Culture.

Prologue

Il y a bien longtemps,
au pays lointain de la France,
dans un grand château,
ô! si grand que l'on pouvait
courir des heures durant
dans ses corridors, dénicher
des pigeons et des martinets
sous ses gouttières, et se perdre
dans ses escaliers, ses tours
et ses tourelles! – vivait
une jeune princesse. Elle avait

plein plein plein de frères
et sœurs, plus de frères
et de sœurs que je ne saurais
le dire. Elle ressemblait
exactement à une poupée
Barbie, avec des cheveux blonds
qui lui tombaient
tout droit jusqu'à la taille –
non, jusqu'aux genoux,
des chaussures à hauts talons
qui, bizarrement,
ne la gênaient pas le moins
du monde pour courir
dans les corridors et les escaliers
du château, et, surtout,

toutes sortes d'habits,
tellement d'habits qu'il lui fallait
en changer trois fois par jour
si elle souhaitait pouvoir
les mettre tous au moins
une fois dans l'année.

Son père le roi était bien
trop occupé par les affaires
du royaume pour faire attention
à sa ribambelle de bambins,
et sa mère par malheur
était morte comme à peu près
toutes les mamans dans les contes
de fées. Du coup, la princesse
– qui s'appelait Violine –

était totalement libre.
Elle pouvait faire
tout ce qu'elle voulait,
tout ce qu'elle aimait – or,
plus que tout, elle aimait
deux choses : n° 1 manger ;
n° 2 jouer dans les champs.
Alors, vous pensez bien,
elle passait ses journées
à bâfrer et à batifoler !

1

Notre histoire commence
un jour du printemps, trala-li,
trala-la, la saison préférée
de Violine. Après avoir avalé
une dizaine de crêpes au Nutella,
elle était sortie tôt le matin
pour écouter gazouiller
les petits oiseaux,
se réjouir des prés fleuris
et tendres, saluer les nymphes
et les bergères,

laisser le vent d'ouest jouer
avec ses longs cheveux…
Tout d'un coup elle vit,
debout le nez en l'air
au bord d'un étang, mais non,
pas le plus beau prince
qui se puisse imaginer,
pas un homme d'affaires élégant
en forme de Ken,
mais un simple paysan,
habillé comme
un simple paysan.

– Bonjour, monsieur,
dit Violine. Belle matinée,
n'est-ce pas ?

– Oh ! fit l'homme
en sursautant de surprise,
si bien qu'il fit un faux pas,
perdit l'équilibre
et tomba dans l'étang
en provocant un immense *plouf*.
La princesse se retint de rire
pour que le jeune paysan
ne se sente pas gêné.
– Excusez-moi,
chère princesse, dit-il
en ressortant quelques instants
plus tard, tout rouge de honte
et tout vert d'algues,
trempé jusqu'à l'os,

dégoulinant d'eau et de vase.
Je ne vous ai pas entendue
arriver, j'étais en train
d'écouter les oiseaux.

— Oh! Oui! dit Violine.
Moi aussi je les admire.

— Connaissez-vous
les noms et les chants
des oiseaux? demanda l'homme.

— Euh... je connais le corbeau,
dit Violine. Il fait *crôa, crôa*!

— Et?

— Et peut-être la poule,
fit Violine. Elle fait
cut-cut-ke-dut!

– Oui mais ces gazouillements
que nous entendons
en ce moment, savez-vous
les reconnaître ?
– Ouf, fit Violine, ben non.
Là, vous m'en demandez trop !
– Écoutez bien que je vous
explique, dit le paysan.
Et, tout en essorant
ses vêtements du mieux
qu'il le pouvait sans les enlever
tout à fait, l'homme
lui fit écouter les bruits
les uns après les autres :
– Ça c'est l'accenteur

mouchet, ça l'aigrette garzette, tiens ! L'alouette des champs...
Le bec croisé des sapins,
la bergeronnette des ruisseaux,
le busard cendré,
le chardonneret élégant,
l'étourneau sansonnet,
le gobe-mouches gris,
le gobe-mouches noir... Voilà.
Pensez-vous pouvoir retenir tout cela ?

— Oh ! Oui, monsieur, merci ! J'aime tout particulièrement le bruit de la bergeronnette !

Maintenant je me sauve,
à une prochaine fois j'espère!
  Enchantée de sa promenade
hors du commun,
la princesse retourna au château
demander à ses serviteurs
de lui préparer
trois gigantesques tartines
au Nutella.

2

– Oh ! dit Aurélie.
Je me réveille ! Zut, je me réveille !
C'est toujours pareil, il faut
quitter ses rêves pour la réalité.

Elle se retourna dans son lit,
qui se trouvait au dix-neuvième
étage d'un grand immeuble
au cœur d'une grande banlieue
d'une grande ville... Tout
était grand autour d'elle, sauf

son appartement et sa famille :
elle habitait un minuscule
deux-pièces, toute seule
avec sa mère. Son père
était parti depuis si longtemps
qu'elle ne se souvenait
même plus de lui,
et elle n'avait pas de frère
ni de sœur. Mais elle avait
un don : elle aimait rêver.
Elle rêvait très, très bien.

Sa mère passa la tête
par la porte.

– Tu viens prendre
le petit déjeuner ma chérie ?

– Oui, j'arrive…
Et elle enfouit sa tête
sous l'oreiller, mais
ne parvint pas à se rendormir.
En bas, sur le boulevard
périphérique,
c'était l'embouteillage
comme d'habitude, voitures
et camions klaxonnaient,
faisant un boucan
de tous les diables.
On n'était qu'au mois de juin
mais c'était la canicule,
à sept heures du matin
l'air était presque irrespirable.

Pauvre petite Aurélie
était déjà en nage. Bientôt
les vacances d'été! Aurélie
est impatiente de les voir arriver
parce qu'elle pourra faire
la supergrasse matinée et rêver
tout son soûl, personne
ne l'obligera à se lever.

À contrecœur,
elle s'extrait du lit.

– Allez, viens t'asseoir
ma chérie, et mange tes céréales!

Aurélie machouille ses Muesli.

– Maman…

– Quoi, mon ange?

– J'aurais voulu vivre
à l'époque des princesses.
Elles batifolaient dans les prés
et écoutaient les chants d'oiseaux.
– Ah! C'est vrai, ça…
Ça nous manque, tout ça!
Même moi, je me souviens
encore des oiseaux. Quand
j'étais petite, à la campagne,
il en restait encore
quelques-uns…
– Ils font quoi comme bruit,
maman? Raconte!
J'aurais tellement aimé
les entendre.

— Eh bien je me souviens :
le pigeon roucoule,
la chouette hulule,
le merle siffle, le serein serine,
le troglodyte gazouille…
Allez, c'est pas tout ça !
Ne traîne pas ou tu vas être
en retard pour l'école !

— Mais maman,
les princesses… Personne
ne les obligeait à aller à l'école !

— Non, et c'est pour ça
qu'elles restaient plus bêtes
que leurs pieds. Tout
ce qu'elles savaient faire,

c'était brosser leurs longs cheveux blonds. Pas le droit d'aller à l'école, pas le droit de voter, pas le droit de travailler, pas le droit de voyager seule, pas le droit d'ouvrir un compte en banque, le droit de rien de rien de chez rien, juste le droit d'être jolie et de sourire comme des idiotes et de se regarder dans la glace et…?

– De se brosser les cheveux ! dit Aurélie.

– Oui ! Les princesses le faisaient mille fois trop

mais toi, sans vouloir te froisser,
je trouve que tu pourrais
le faire un peu plus souvent!

3

C'était l'été. Violine n'arriva pas à apprécier le fait que c'était les vacances d'été parce que, comme les princesses ne vont pas à l'école, pour elle il n'y avait pas de différence entre les grandes vacances et le reste de l'année, elle était en fait toujours en vacances. Ses frères et sœurs étaient tous

partis visiter d'autres royaumes
et la vérité, même si elle est dure
à entendre, c'est que Violine
s'ennuyait ferme.

    Elle sortit dans la campagne
écrasée de soleil et se mit
à marcher à travers champs,
un peu au hasard.
Au début elle traînait la patte
et titubait un peu,
mais peu à peu elle trouva
son rythme de promenade.
Au bout d'une heure ou deux,
épuisée, elle se dit que ce serait
merveilleux de s'allonger

au beau milieu d'un champ
de maïs et de dormir, dormir,
dormir… Mais elle n'osait pas,
elle avait trop peur.
Peur d'un orage électrique
avec foudre et éclairs,
peur d'une pluie
qui se transformerait
en grêle et attaquerait
sa peau duveteuse et sans défense,
peur de marcher
sur un nid d'abeilles
et de se faire piquer
par des dizaines de bestioles
en colère. Que faire ?

Juste à ce moment-là,
elle vit le même jeune paysan
qu'elle avait rencontré
au printemps. Cette fois-ci,
au lieu d'écouter les oiseaux,
il était occupé justement
à cueillir le miel dans les ruches
de son père le roi.

– Bonjour, monsieur,
fit-elle très poliment.
Comment allez-vous,
depuis la dernière fois ?

De surprise, le jeune homme
eut un mouvement brusque
et se fit piquer la main

par une abeille. En retirant
sa main de la ruche il prononça
à voix basse un mot que
nous ne reproduirons pas ici,
pour la bonne raison que
nous ne l'avons pas entendu.
Dès qu'il se fut ressaisi,
il répondit comme
si de rien n'était :

— Ma foi, princesse,
on fait aller.

— Vous voulez bien
me dire votre nom ?

— Vous voulez bien me dire
d'abord les noms d'oiseaux

que je vous ai appris
la dernière fois ?

La princesse Violine prit
un grand souffle et débita
la liste d'oiseaux à toute vitesse :

– Accenteur mouchet,
aigrette garzette,
alouette des champs…
Bec croisé des sapins,
bergeronnette des ruisseaux,
busard cendré,
chardonneret élégant,
étourneau sansonnet,
gobe-mouches gris,
gobe-mouches noir…

– Eh ben ! Bravo !
Vous m'en voyez tout ébaubi.
– Ébaubi ? Et pourquoi
cela, cher monsieur ?
– Vous êtes une princesse,
et en principe la tête
des princesses reste toujours
aussi vide que le jour
de leur naissance.
Mener une vie de princesse,
cela veut dire être belle et bête ;
vos parents ne vous l'ont pas
expliqué ? Ne rien apprendre,
rien du tout, si ce n'est à
sourire et à battre les paupières.

— Eh bien, vous voyez ? C'est râpé. Je ne suis ni belle ni bête.

— Alors je m'appelle Jean Brun.

— Enchantée, Jean Brun. Moi c'est Violine. Vous voulez bien que je vous accompagne un peu cet après-midi pour voir comment vous travaillez ? J'avoue avoir très peur des abeilles…

— Mais il n'y a aucune raison d'avoir peur des abeilles,

Violine. Venez, je vais
vous montrer. Il suffit
de bien se protéger les yeux
et les mains, comme ça,
et de rester calme.
Les abeilles vous respecteront
si vous les respectez…
Regardez, on va toquer
à la porte de la ruche.
 – Oh! Mais elles vrombissent!
 – Oui, mais écoutez bien
leur vrombissement. Il est beau,
n'est-ce pas? C'est un son
très rond, ça veut dire
que la reine est là

et que tout va bien,
la ruche est sereine.

– Chez moi la reine
n'est jamais là, dit Violine,
mais pas tout haut,
seulement dans sa tête.
Chez moi la reine n'est jamais là
et la ruche n'est pas sereine.

– Après avoir toqué,
poursuivit Jean Brun,
il faut leur laisser le temps
de manger un peu de miel.
Ensuite elles sont
beaucoup plus calmes
et on peut intervenir.

– Mais comment on fait
pour devenir une reine ?
demanda Violine.

– Figurez-vous que l'œuf
qui contient la reine
ressemble à n'importe quel
autre œuf d'abeille.
Simplement, détail
très important :
avant qu'il n'ait trois jours d'âge,
on le sépare des autres,
on le met dans une cellule
beaucoup plus grande
que les autres, et on le nourrit
exclusivement à la gelée royale.

– C'est comme le Nutella ?
– Un peu. Alors ce sont ces conditions luxueuses qui, à l'éclosion de l'œuf, vont donner cette abeille tout à fait exceptionnelle qui deviendra la reine.
– Alors, dit Violine tout excitée, puisque j'habite un grand palais et que je mange beaucoup de Nutella, peut-être que je vais être reine un jour ?

Jean Brun referma soigneusement la ruche et, se tournant vers elle, lui fit un grand sourire.

– Peut-être bien, ma chère Violine, mais… saurez-vous gouverner aussi sagement que la reine des abeilles ? Voilà la question.

4

C'est l'automne, Aurélie
vient d'entrer à la vraie école,
elle apprend à lire
et franchement elle trouve ça
génial. Cela veut dire que,
sous peu, elle pourra passer
des heures et des heures à rêver
même quand elle est éveillée.
Aujourd'hui c'est le samedi
mais sa mère l'a tirée du lit

(à onze heures du matin,
tout de même) car elle
a rendez-vous chez le coiffeur.

Aurélie termine son bol
de Muesli.

– J'aurais bien mangé
une tartine de miel aussi,
soupire-t-elle.

– Ah, ma chérie…
Tu sais bien qu'on ne trouve
plus de miel dans toute la ville,
depuis que les abeilles
ont disparu.

– J'ai rêvé d'abeilles
cette nuit, dit Aurélie.

– Ah bon! Comment
est-ce possible?
Tu n'en as jamais vu.
– Oui, mais on peut rêver
de choses qu'on n'a jamais vues,
maman. Si on peut rêver
qu'on vole à travers les airs...
ou qu'on est poursuivi
par un monstre... pourquoi
on ne rêverait pas
de petits insectes
qui bourdonnent et piquent
et font du miel?
Dans mon rêve, un monsieur
m'expliquait justement

comment ça marche une ruche, mais ensuite le réveil a sonné et je n'ai pas eu le temps d'apprendre. Pourquoi elles ont disparu, maman, les abeilles ?

– On dit que c'est à cause des pesticides, tu sais ? Les poisons qu'on a vaporisés par avion sur toutes les cultures – les blés, les maïs, les arbres fruitiers… Mais en fait personne n'en est très sûr. C'est un grand mystère, parce que tu sais quoi ? Comme dans les romans policiers, on n'a jamais trouvé les cadavres des abeilles ! Au début des années 2000, elles ont commencé à disparaître purement et simplement, par millions. Peut-être que, plus tard, si tu continues tes études, tu deviendras une grande scientifique à la manière de Marie Curie et découvriras la réponse à la question : *où sont passées les abeilles ?*

– Mais maman ! Je n'ai pas envie de faire science
quand je serai grande !

– Tu as envie de faire quoi, ma petite Aurélie ?

– Ben, j'ai envie de… rêver ! On ne peut pas gagner sa vie comme rêveuse, dis ?

– Ummm, je n'ai pas encore entendu parler de ce métier, ma chérie, mais
on ne sait jamais.
Peut-être que c'est toi
qui l'inventeras.

– Oui ! Parce que je fais
les plus beaux rêves de la Terre !
Toutes les nuits je rêve
que je suis une princesse…
Mais une princesse intelligente !
Je découvre plein de choses !
– Eh bien ça c'est fantastique,
mais si on continue de papoter
tu vas être en retard
chez le coiffeur.
– Mais maman, je ne veux
PAS me faire couper les cheveux !
– Un peu plus longs encore,
un peu plus emmêlés,
et ce sont les souris

qui s'en serviront
pour faire leur nid…
Allez, ouste, ma fille,
va t'habiller !

5

La princesse Violine
se réveilla très tôt, un matin
d'automne… Autour d'elle,
tout était silencieux. Prise
d'un léger accès de mélancolie,
elle alla à la fenêtre
de sa chambre, qui se situait
très haut, très haut, tout en haut
d'une des tourelles du château
de son père. Elle se sentait

tellement seule. En fait
elle n'avait jamais eu de frère
ni de sœur, elle les avait imaginés
pour se tenir compagnie.
Violine ouvrit les volets
et regarda dehors : c'était l'aube,
une aube blanche, belle,
fraîche et magique…
Un brouillard épais
recouvrait tout le paysage,
si bien qu'elle distinguait
à peine les feuilles roussies
des arbres.

 Soudain elle perçut des
formes qui bougeaient – ah !

C'était Jean Brun, armé
d'un fusil, suivi d'un chien…
Que faisait-il ? En un clin d'œil,
Violine s'habilla, se précipita
dans l'escalier en colimaçon,
prit ses pieds dans ses longues
jupes et dégringola
tout un étage, se releva
passablement énervée,
s'épousseta et courut dehors.

– Monsieur Brun,
monsieur Brun ! appela-t-elle.

D'un mouvement vif
l'homme sursauta et tomba
de son cheval. Légèrement

énervé cette fois, il se retourna
et mit un doigt sur les lèvres.

– Chut !

Et, sans méchanceté mais
fermement, il lui intima l'ordre
de rentrer au château
et de le laisser tranquille.

Princesse Violine fut atterrée.
Avait-elle perdu son seul ami
au monde ?

Elle remonta tristement
dans sa chambre,
s'installa devant sa glace
et commença à se brosser
les cheveux. Elle les brossa

pendant une heure, les tressa
en nattes et, à tout hasard,
les fit même tomber
par la fenêtre comme
la princesse Raiponce.
Mais elle eut beau attendre,
aucun prince charmant
ne passait par là ; au bout
d'une heure et demie,
seule une ou deux petites
araignées avaient daigné
se servir de ses longues nattes
comme d'une échelle
pour grimper lui rendre visite
dans sa chambre.

Alors Violine crut devenir
folle d'ennui. Elle se mit
à passer en revue ses habits,
elle appela tous les domestiques
pour qu'ils vinssent échanger
sa garde-robe d'été
contre sa garde-robe d'automne,
et ses sandales
contre des chaussures.
Elle appela une coiffeuse,
puis une maquilleuse,
puis une manucure car – même
si c'était une toute jeune princesse,
être belle lui prenait
vraiment beaucoup de temps.

Mais, plus la matinée avançait,
plus elle s'ennuyait,
l'ennui se glissa dans son âme
comme un terrible brouillard
blanc, étouffant tout,
lui donnant envie de dormir.
Pourquoi n'avait-elle pas le droit
de partir chasser le sanglier
elle aussi ?

Soudain elle prit une décision
énorme. Courant jusqu'à la remise
du jardin, elle attrapa les sécateurs
du jardinier et, revenue
dans sa chambre, ayant fermé
la porte à double tour,

coupa soigneusement
ses longs cheveux blonds. Ah!
C'était mieux comme ça!
Elle se sentait plus légère.
Le brouillard se leva
à ce moment-là et un beau
rayon de soleil pénétra
par la fenêtre dans la chambre
de la princesse.

    Elle lança les sécateurs
contre la glace, qui se fracassa.

    Elle éclata de rire,
et les échardes de son rire
scintillèrent dans l'air comme
les fragments de miroir sur le sol.

– Me voilà enfin prête
pour l'aventure ! s'exclama-t-elle.

6

Quand Aurélie se réveilla ce matin-là, la grande ville était toute blanche de neige – une véritable féerie.

– Tu as fait de beaux rêves, ma chérie ?

– Euh… un peu violents, mais intéressants !

– Raconte ?

– Eh bien, la princesse avait

envie de partir à la chasse
au sanglier mais on le lui
a interdit.

— Je trouve qu'on lui
a donné un excellent conseil !
Les sangliers farfouillent
dans le sol à la recherche
de truffes, mais de nos jours
le sol est radioactif
dans plusieurs régions du pays
à cause de l'accident
de la centrale, alors les sangliers
tombent malades…
Ils vont bientôt être vert fluo !
C'est terrible, ma chouquette,

mais on ne peut plus manger
ni truffes ni sanglier. Bon,
tu me diras qu'on n'en mangeait
pas souvent…

– Alors comme elle était très
vexée de ne pas pouvoir chasser,
dans le rêve je me suis – enfin,
la princesse s'est coupé les cheveux.
– Ah bon ? Toi qui détestes ça…
– Oui sauf que
dans mon rêve *c'est elle
qui l'a décidé*. Et puis… et puis,
elle a cassé exprès son miroir.
– Ouaaaah ! Pas mal !
Je suis d'accord avec toi,

on devrait passer moins de temps
à se regarder dans la glace.
 – Mais maman, il fait froid,
c'est dehors qu'il y a de la glace
partout! On dirait que la ville
est enchantée… Pourquoi
est-ce que les êtres humains
ne peuvent pas hiberner?
Les ours polaires mangent
une bonne fois
au mois de novembre,
puis se creusent un tunnel
sous la neige et s'endorment
jusqu'au printemps. Il paraît
qu'on voit deux petits trous

à la surface de la glace,
c'est le souffle chaud
qui sort de leurs deux narines
quand ils ronflent. Ah!
J'adorerais faire comme eux!

— Je te comprends, Aurélie…
Le problème c'est que
la planète se réchauffe :
il n'y a plus de saisons!
Même dans les régions polaires,
il ne fait plus assez froid et
les ours n'arrivent pas à dormir
tout l'hiver. Ils se réveillent
vers le mois de janvier
et s'aperçoivent qu'ils ont

très faim, alors ils descendent
vers les villes et fouillent
dans les poubelles à la recherche
de nourriture…
   – OK maman, tu sais quoi ?
   – Quoi, mon ange ?
   – Je vais retourner à l'école
apprendre ce qu'il faut faire
pour résoudre le problème
des ours polaires affamés,
des sangliers radioactifs,
de la disparition des abeilles
et des oiseaux…
Parce qu'il ne suffit pas
de faire gouverner la Terre

par des millions de reines
sages comme toi
et de princesses intelligentes
comme moi ! Si la Terre
elle-même commence
à tomber malade,
on n'est pas sorti de l'auberge !
Et ensuite je retourne
dans mon rêve expliquer tout ça
à Jean Brun. Ça va le bluffer
complètement...

– Mais, ma douce... *Qui est Jean Brun ?*

CET OUVRAGE A ÉTÉ ACHEVÉ D'IMPRIMER
AU RUCHER POUR LE COMPTE
DES ÉDITIONS THIERRY MAGNIER
PAR XL PRINT À SAINT-ÉTIENNE (42)
EN NOVEMBRE 2014 (2ᵉ ÉDITION)
DÉPÔT LÉGAL : SEPTEMBRE 2014
NUMÉRO D'IMPRIMEUR : P403117B

Imprimé en France